Vanessa

Adventskalender

Magische und lustige Wichtelgeschichten für Erstleser

Das Adventskalenderbuch mit 24 bezaubernden und witzigen Geschichten in Silbenschrift für Schulkinder mit Bildern zum Ausmalen

Das Werk einschließlich aller seiner Teile ist urheberrechtlich geschützt. Jede Verwertung ist ohne Zustimmung unzulässig. Das gilt insbesondere für Vervielfältigungen, Übersetzungen, Mikroverfilmungen und die Einspeicherung und Verarbeitung in elektronischen Systemen.

Kritik und Anregungen zu dem vorliegenden Buch nimmt Tobias Unger gerne Stellvertretend für die Autorin entgegen. Seine E-Mail-Adresse lautet: support@tobias-unger.com

Vielen Dank, dass Sie sich für unser Buch entschieden haben!

Wir haben uns für Sie viel Mühe gegeben, ein sehr gutes Buch zu entwerfen. Wenn Ihnen das Buch gefallen und geholfen hat, würden wir uns sehr über eine positive Bewertung auf Amazon freuen.

Kritik, Feedback, Fragen, Hinweise auf Fehler und Anregungen für die nächste Auflage dieses Buches nehmen wir gerne per Mail entgegen. Unsere E-Mail-Adresse lautet: support@tobias-unger.com.

1. Dezember
Mein neues Zuhause

Hast du schon einmal etwas von Weihnachtswichteln gehört? Darf ich mich vorstellen? Mein Name ist Zacharias. Ich lebe das ganze Jahr über mit den anderen Weihnachtswichteln zusammen. In der Weihnachtszeit besuche ich immer eine Familie oder Klasse und versuche ihnen die Adventszeit schön und lustig zu machen. Ich mag es, wenn ich sie zum Lachen bringen kann. Sehen können sie mich nicht, denn ich bin nur nachts unterwegs und Weihnachtswichtel dürfen nicht gesehen werden. Tagsüber schlafe ich hinter meiner kleinen Wichteltür. Dieses Jahr hat es mich in die Schule verschlagen. Ich bin in einer 1. Klasse, um auch richtig schreiben, lesen und rechnen zu lernen. Diese Nacht bin ich so müde von meiner Reise, dass ich der Klasse nur noch eine kurze Nachricht hinterlasse:

Liebe 1. Klasse,
ich habe gehört in dieser Klasse sind viele liebe Kinder und ich möchte mit euch gemeinsam lernen, weil beim Plätzchenbacken verrechne ich mich oft. Dann haben wir flüssige oder steinharte Plätzchen und ein Geheimnis habe ich auch noch: Ich kann nicht richtig lesen. Darum kommen immer ganz wilde Sachen in den Teig, wie Essiggurken, Zwiebeln, Salz oder alte Socken. Deswegen bin ich bei euch und hoffe, dass ihr mir helfen könnt.
Liebe Grüße
Euer Zacharias

2. Dezember
Die Schlittenfahrt

Oh heute ist es ganz ruhig! Wo bleiben denn die Kinder? Sind denn schon Ferien oder habe ich Weihnachten verschlafen? Mir ist wirklich langweilig, wenn niemand da ist. Da fällt mir etwas ein. Die Lehrerin hat gestern Mittag ihre Zähne geputzt. Warum sie das in der Schule macht, weiß ich nicht. Vielleicht möchte sie, dass ihre Zähne blitzen und glitzern. So richtige Weihnachtszähne eben. Die Zahnpasta werde ich mir mal ausleihen. Ah da vorne ist ein freier Tisch. Ich habe doch meinen Schlitten dabei und werde nun eine Schneepiste machen. Das wird den Kindern sicherlich gefallen. Oh macht das Spaß! Nochmal! Mit der Zahnpasta rutscht es sich viel besser, als mit richtigem Schnee. So dann schreibe ich noch eine kurze Nachricht an die Kinder:

Liebe 1. Klasse,

schade, dass ihr heute nicht da seid. Ohne euch ist es ganz still und langweilig. Ich habe mir die Zahnpasta von Frau Huber ausgeliehen. Damit habe ich mir eine Rutschbahn gebaut und bin Schlitten gefahren. Das war ein großer Spaß. Das könnt ihr euch mal in eurem Klassenzimmer ausprobieren. Viel Spaß!

Liebe Grüße

Euer Zacharias

3. Dezember
Die Weihnachtsdekoration

Ich habe richtig gut geschlafen. Es war ganz leise und keine Kinder waren da. Wo bleiben sie denn? Heute habe ich mir überlegt, dass ich das Klassenzimmer ein wenig dekoriere. Sie haben nur einen Adventskranz und einen Adventskalender, aber weihnachtlich sieht es hier überhaupt nicht aus. Ich schaue mich mal um, was ich finden kann. Im Regal gibt es bunte Federn. Die werde ich gleich mal auf den Tischen und Stühlen verteilen. Oh die fliegen prima durch die Luft! Was gibt es denn hier noch? Die Stifte werde ich an eine Schnur hängen und von der Decke baumeln lassen. Die Scheren verbinde ich mit der Schnur zu einer Girlande und mit der Knete forme ich kleine bunte Kugeln und klebe sie an die Scheibe. Oh jetzt glitzert es hier richtig schön. Die Scheren funkeln, es ist ganz bunt und die Knetkugeln sehen aus wie Christbaumkugeln. Da werden die Kinder Augen machen, wie schön ich dekoriert habe. Eine Nachricht muss ich ihnen noch schreiben, sonst kennen sie sich nicht aus:

Liebe 1. Klasse,
wie gefällt euch meine Weihnachtsdekoration? Ich finde sie ist mir prima gelungen. Sie war ganz umsonst, glitzert und funkelt. Ich hoffe ihr kommt bald wieder.
Liebe Grüße
Euer Zacharias

4. Dezember
Wichtelspuren

Heute ist meine liebe erste Klasse wieder da. Ach ich freue mich so sehr. Ohne euch war es wirklich langweilig.

Leider hat ihnen meine Dekoration nicht so gut gefallen. Sie haben heute im Kunstunterricht Sterne gebastelt und aufgehängt. Meine Girlanden haben sie wieder aufgeräumt. Auch die Rutschbahn ist wieder weg. Den Tisch mussten zwei Kinder aus der ersten Reihe putzen und die Lehrerin hat gefragt: „Wer hat denn mit meiner Zahnpasta den Tisch geputzt?" Wir haben doch einen Lappen und Seife. Dann haben alle gekichert, weil sie sich wahrscheinlich schon gedacht haben, dass ich es war. Als sie meine Nachricht gefunden haben, musste sogar die Lehrerin Frau Huber laut lachen.

Nachdem die Fenster nun mit Kunstschnee eingesprüht wurden, habe ich heute Nacht lustige Spuren darauf hinterlassen. Mein Gesicht habe ich gegen die Scheibe gedrückt und Rechenaufgaben hingeschrieben. Ich frage gleich mal die Kinder, ob sie die Aufgaben lösen können:

Liebe 1. Klasse,
sehr schön habt ihr heute dekoriert. Ich muss zuge-
ben, dass mir die Sterne nun auch besser gefallen.
Das war ein toller Streich mit der Rutschbahn oder?
Schade, dass sie nun weg ist. Habt ihr meine Spuren
und die Rechenaufgaben an den Fenstern entdeckt?
Vielleicht könnt ihr sie lösen. Viel Erfolg!
Liebe Grüße
Euer Zacharias

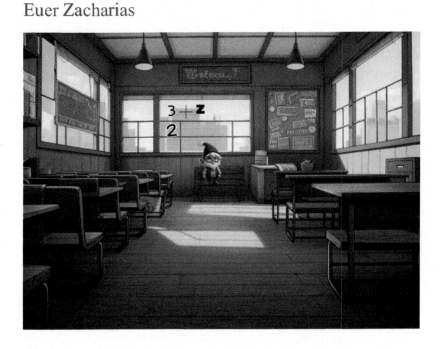

5. Dezember
Die Rechenaufgaben

Da schreiben mir doch tatsächlich die Kinder eine
Nachricht, dass man diese Aufgaben nicht lösen kann
und dass das Quatsch ist. Das kann man doch nicht
zu so einem tollen Weihnachtswichtel, wie mir sa-
gen. Das ist doch unerhört!
Das waren meine Aufgaben:
$3+ZHI-8+ÄÖÜ=$
und
$2u+BMn+7-wu=$
So dann werde ich diese Nacht mal versuchen die
Aufgaben zu lösen. Ich hole mir Zahlen, Rechenstäb-
chen und Plättchen aus dem Regal. Da fehlen aber
manche Zahlen, wie Z, H und i. Ach die stehen in einem anderen Regal. Ich leere alles auf dem Teppich
aus und versuche sie zu lösen. Drei Stunden rechne
ich schon, mein Kopf brummt und ich werde langsam
müde. Bevor ich hier auf dem Teppich einschlafe,
lasse ich noch eine kurze Nachricht da und gehe in
mein Bett:

Liebe 1. Klasse,
ich muss zugeben, dass ihr recht hattet und man die
Aufgaben nicht lösen kann, aber wieso eigentlich
nicht? Ich wusste nicht mehr, wohin die Sachen ge-
hören und war so müde. Vielleicht könnt ihr sie für
mich aufräumen. Danke!
Liebe Grüße
Euer Zacharias

6. Dezember
Der Nikolausbesuch

Also die Kinder haben mir eine kurze Erklärung geschrieben. Bei den Aufgaben hätte ich Zahlen und
Buchstaben vermischt. Man rechnet nur mit den Zahlen und die Buchstaben sind für Wörter da. Wörter
kann man schreiben und lesen. Puh! Das ist gar nicht
so einfach. Heute war ein besonderer Mann da: der
Nikolaus. Er hat so schön ausgeschaut mit seinem
langen Bart. Ich hätte auch gerne so einen langen
Bart. Er hat den Kindern Geschenke gebracht und sie
haben so schön für ihn gesungen. Dann hat er noch
gesagt: Ihr habt doch einen Weihnachtswichtel hier,
oder? Für ihn habe ich ein Geschenk. Er hat mir ein
kleines Säckchen mit einem Schokonikolaus und einer Mandarine vor meine Wichteltür gestellt. Oh
habe ich mich gefreut! Der Nikolaus hat mich nicht
vergessen.
Dann schreibe ich noch eine kurze Nachricht an die
Klasse:

Liebe 1. Klasse,
ihr habt so schön gesungen heute und ich habe mich
sehr über mein Nikolaussäckchen gefreut. Was war
in euren Säckchen? Ich werde mir jetzt mal eure
Hefte anschauen, um ein bisschen zu lernen.
Liebe Grüße
Euer Zacharias

7. Dezember
Die Nachtwanderung

Heute Nacht habe ich mich mit den Rechenheften beschäftigt. Ich will doch endlich verstehen, wie man
richtig rechnet. Ich habe mir die Zahlen, Rechnungen
und Aufgaben angeschaut. In den Heften gab es auch
viele bunte Bilder, die haben mir besonders gut gefallen. Nebenbei habe ich meinen leckeren Schokonikolaus gegessen. Der war richtig fein. Nach der Begrü-
ßung ruft Frau Huber: „Wir beginnen heute mit dem
Rechnen bis 20." Zwei Kinder teilen die Rechenhefte
aus. Als sie die richtige Seite suchen, geht ein Ge-
murmel durch die Klasse. Da fragt Frau Huber ver-
wundert: „Was habt ihr denn?" Die Kinder rufen
durcheinander: „Zacharias ist über unsere Hefte ge-
laufen und hat kleine braune Fußabdrücke hinterlassen. Alles ist dreckig." Frau Huber wirft einen Blick
darauf: „So eine Sauerei!" Das muss er wieder gut
machen. Oh je was habe ich da nur angestellt? Das
muss ich erklären:

Liebe 1. Klasse,
es tut mir leid, dass ich eure Hefte schmutzig gemacht habe. Ich wollte nur das Rechnen lernen und
habe meinen Schokonikolaus gegessen. Scheinbar
hatte ich Schokolade an den Händen und Füßen und
habe über Nacht Spuren hinterlassen. Das werde ich
wieder gutmachen. Versprochen!
Liebe Grüße
Euer Zacharias

8. Dezember
Das Schuhbinden

Nach der Pause hat Frau Huber gestern mit den Kindern das Schleifebinden geübt, weil es im Turnunterricht noch Probleme gibt. Es ist so, dass noch nicht alle Kinder eine Schleife binden können. Dann beginnt der Turnunterricht erst immer ein paar Minuten später, weil Frau Huber erst noch einigen Kindern die Schuhe binden muss. Also haben alle Kinder einen Schuh auf der Bank gehabt und es wurde fleißig gebunden. Sie haben auch ein Gedicht gelernt, bei dem ein Hase um den Baum hoppelt. Das habe ich nicht verstanden und auch das Schleifebinden ist eine einzige Zauberei. Wie soll denn das funktionieren, ohne, dass sich alles verknotet? Das werde ich jetzt einmal ausprobieren:

Liebe 1. Klasse,
heute Nacht übe ich das Schleifebinden, weil ich
möchte auch so gut werden, wie ihr. Dafür habe ich
mir eure Turnschuhe aus den Turnbeuteln ausgeliehen. Das ist meine Wiedergutmachung. Morgen habt
ihr dann schon gebundene Schuhe.
Liebe Grüße
Euer Zacharias

9. Dezember
Das große Durcheinander

Am Morgen als die ersten Kinder und Frau Huber an-
kommen, trauen sie ihren Augen nicht richtig. Vor
dem Klassenzimmer ist ein riesiges Durcheinander.
Alle Turnbeutel, T-Shirts, Hosen und Schuhe liegen
quer über den Boden verteilt. Was hat denn das wohl
zu bedeuten? In der Klasse finden sie meine Nachricht. Als sie herausfinden, dass ich ihnen einen Gefallen tun wollte und auch Schleife binden geübt
habe, lachen sie. Sie sind nicht böse mit mir und räu-
men zusammen auf. Gemeinsam mit Frau Huber
schreiben sie mir sogar eine Anleitung mit Zeichnungen und legen sie vor meine Tür. Darüber freue ich
mich sehr. Das muss ich ihnen gleich mitteilen:

Liebe 1. Klasse,
danke für eure Anleitungen und die Zeichnungen.
Heute Nacht werde ich nochmal fleißig üben. Ich
habe euch nun eine neue Überraschung mitgebracht.
Ich hoffe, dass sie euch dieses Mal gefällt und ich
nichts falsch gemacht habe.
Liebe Grüße
Euer Zacharias

10. Dezember
Die Wunschsteine

Lange habe ich überlegt, wie ich der Klasse wirklich eine Freude machen kann. Ich möchte sie doch glücklich machen und nicht verärgern. Na gut höchstens ein kleines bisschen vielleicht. Dann habe ich daran gedacht, was denn uns Wichtel und besonders die Wichtelkinder glücklich macht. Wichtelkinder bekommen häufig Wunschsteine geschenkt. Das sind ganz besondere Edelsteine mit einer magischen Kraft. Jeder Wunschstein kann einmal einen Herzenswunsch erfüllen. Danach glitzert er noch weiter, aber er hat seine Kraft verloren. Also habe ich jedem Kind und Frau Huber einen kleinen Wunschstein auf den Tisch gelegt und ihnen eine Erklärung dazu geschrieben:

Liebe 1. Klasse,
ich habe euch Wunschsteine mitgebracht, die man
auch oft Wichtelkindern schenkt. Jeder Wunschstein
kann nur einmal einen Herzenswunsch erfüllen. Passt
gut darauf auf, tragt ihn stets bei euch und wählt euren Wunsch klug, denn ihr habt nur diesen einen.
Viel Glück!
Liebe Grüße
Euer Zacharias

11. Dezember
Plätzchen backen

Jetzt scheint wieder Wochenende zu sein. Gestern haben die Kinder gerufen: „Schönes Wochenende!" Ich weiß nicht genau, was ein Wochenende ist, weil bei Wichteln gibt es das nicht. Das einzige, was ich weiß ist, dass die Klasse wahrscheinlich 2 Tage wieder nicht kommt und ich alleine bin. Ich habe mir aber schon etwas überlegt. Heute werde ich leckere Plätzchen backen. Das ist ein einfaches Rezept von meiner Oma. In der Schulküche habe ich mir schon alle Zutaten und ein Backblech bereitgestellt. Nachdem ich einen Teig geknetet habe und alle Plätzchen ausgestochen habe, kommen sie in den Ofen. Oh wie das duftet! In der Zwischenzeit werde ich ein bisschen in meinem Wichtelzuhause aufräumen. Oh je! Wie konnte das passieren? Ich muss eingeschlafen sein und die Plätzchen… Schnell renne ich zum Ofen. Sie sind ein wenig dunkelbraun geworden, aber nicht schwarz. Ich schreibe den Kindern eine kurze Nachricht:

Liebe 1. Klasse,
die Plätzchen habe ich für euch gebacken und ich
hoffe sie schmecken euch. Das sind Schokokekse.
Deswegen sind sie braun.
Liebe Grüße
Euer Zacharias

12. Dezember
Der 2. Advent

Heute muss Sonntag und der 2. Advent sein. So hat
Frau Huber es erklärt und dass man am Sonntag die
2. Kerze am Adventskranz anzünden darf. Die 4 Kerzen stehen für die 4 Sonntage vor Weihnachten. Also
gibt es dann nur noch 2 Sonntage vor Weihnachten,
wenn ich es richtig verstanden habe. Da habe ich mir
etwas überlegt. Ich kann doch nicht einfach die 2.
Kerze anzünden. Nicht, dass die Schule brennt und
die Klasse würde es auch merken, wenn die Kerze
schon angebrannt wurde. Ich habe mir extra 2 Karotten aufgehoben. Die Kerzen ziehe ich heraus und
lege sie in die Mitte des Kranzes. Stattdessen gibt es
nun zwei Karotten-Kerzen. Oh sieht das toll aus! Die
leuchten auch, weil sie so schön orange sind. Das
muss ich den Kindern erzählen, nicht dass sie denken, der Osterhase war das:

Liebe 1. Klasse,
ich habe gestern statt der 2. Kerze auf dem Adventskranz zwei Karotten daraufgesteckt. Das sieht auch
toll aus oder was meint ihr? Ich wollte sie nicht anzünden, weil Frau Huber hat gesagt, dass sie immer
dabei sein muss und sie ist doch heute nicht da.
Liebe Grüße
Euer Zacharias

13. Dezember
Kein Kunstunterricht

Heute Morgen freuen sich die Kinder über ihre Kekse, auch Frau Huber ist ganz begeistert. Doch als sie in der Brotzeitpause hineinbeißen, verziehen alle das Gesicht. Ein Junge ruft: „Das sind keine Schoko-kekse." Darauf antwortet ein Mädchen: „Die sind Zacharias verbrannt und salzig schmecken sie auch." Frau Huber schlägt vor, dass sie diese Woche ge-meinsam Plätzchen backen und ich dann auch welche abbekomme. Weil die Klasse viel Zeit damit ver-bringt über das Plätzchenbacken, das Wochenende und die gesunde Brotzeit zu sprechen, fällt der Kunstunterricht heute aus und wird auf morgen ver-schoben. Zum Wochenende fällt mir noch eine Frage ein:

Liebe 1. Klasse,
es tut mir leid, dass die Plätzchen nichts geworden
sind. Ich bin aus Versehen eingeschlafen. Ich habe
gedacht, vielleicht fällt es euch nicht auf. Aber ich
freue mich schon, wenn ich eure Plätzchen probieren
darf. Ich habe mich gefragt, wann immer das Wochenende ist und was ist ein Wochenende und warum
kommt ihr dann nicht zur Schule? Wichtel haben
kein Wochenende. Sie arbeiten immer. Nur nach
Weihnachten fahren sie in den Urlaub.
Liebe Grüße
Euer Zacharias

14. Dezember
Kunst Geschenke

Nachdem gestern der Kunstunterricht ausgefallen ist, habe ich mir eine Überraschung überlegt. Damit war ich die ganze Nacht beschäftigt. Die Kinder haben eine Kunstkiste und jeder hat in seiner Kiste die Malsachen. Ich habe jede einzelne Kunstkiste mit Geschenkpapier verpackt. Es war schon fast wie an Weihnachten. Als sie heute mit dem Malen beginnen wollten, haben sie gestaunt, als sie den Schrank aufgemacht haben. „Wow! Sind das schon Weihnachtsgeschenke?", haben sie gerufen. Als sie die Kisten ausgepackt haben, lachten sie zusammen. Das hat mich ganz glücklich gemacht. Da hat sich die Arbeit doch gelohnt. Heute haben die Kinder Christbaumkugeln gestaltet, die sie an den kleinen Christbaum in der Klasse gehängt haben. Das sieht wirklich wunderbar aus. Auch eine Antwort auf die Fragen zum Wochenende habe ich erhalten. Die Kinder haben geschrieben, dass eine Woche 7 Tage hat. Von Montag bis Freitag ist 5 Tage lang Schule. Am Samstag und Sonntag ist Wochenende. Da bleiben alle zuhause, ruhen sich aus oder unternehmen etwas Tolles. Darauf muss ich gleich antworten:

Liebe 1. Klasse,
da habt ihr gestaunt über die vorträglichen Weihnachtsgeschenke, oder? Danke für die Erklärung zum
Wochenende. Dann haben wir jetzt noch 4 Schultage
bis wieder Wochenende ist. Das habe ich verstanden.
Ich werde jetzt gleich beginnen, den Christbaum
noch ein bisschen schöner zu dekorieren.
Liebe Grüße
Euer Zacharias

15. Dezember
Die Christbaumdekoration

Als die Kinder heute in die Klasse kamen, ist ihnen gleich der Christbaum aufgefallen und sie mussten laut lachen. Was habe ich gemacht? Ich habe Turnschuhe an den Baum gehängt und Karotten. Auf die Spitze habe ich meine alte Socke mit einem Loch gesteckt. Durch das Loch kann die Spitze rausschauen. Als Krönung habe ich aus der Toilette noch Klopapier geholt und den Christbaum mehrmals damit eingewickelt. Das war eine Arbeit! Jetzt sieht er witzig, einzigartig und anders aus. Ich bin ganz zufrieden. Frau Huber war nicht so begeistert. Also schlug sie vor in der Klasse abzustimmen, wer dafür ist, den Christbaum so zu lassen und wer den alten Christbaum von gestern zurückhaben möchte. Es haben nur 3 Kinder und Frau Huber dagegen gestimmt. Das heißt der Christbaum darf so bleiben. Hurra! Dafür muss ich mich gleich bei der Klasse bedanken:

Liebe 1. Klasse,
vielen Dank, dass ihr den Christbaum so behalten
wollt. Das hat mich sehr gefreut. Außerdem bin ich
schon ganz aufgeregt, wenn morgen die gesunde
Brotzeit ist und ob ich auch etwas abbekomme.
Liebe Grüße
Euer Zacharias

16. Dezember
Die gesunde Brotzeit

Bei der gesunden Brotzeit ist es so, dass ein paar Eltern morgens vorbeikommen und das Frühstück vorbereiten. Es gibt belegte Brote, viel Obst und Gemüse und ein Müsli mit Milch. Dann sind die Kinder aber erst einmal mit Frau Huber zum Turnunterricht gegangen und sie wollten erst zur großen Pause zurück sein und anschließend die Brotzeit genießen. Da fällt mir etwas ein. Ich traue mich zum ersten Mal während des Schultages aus meinem Versteck. Ich darf aber auf keinen Fall gesehen werden. Also muss ich mich wirklich beeilen. Ich verzaubere die Milch mit meinem Wunschstein. Es gibt also eine grüne, eine rote und eine blaue Milch. Schnell husche ich wieder zurück hinter meine Wichteltür. Im nächsten Moment stürmen schon die Kinder zurück. Puh! Das war aber knapp! Frau Huber ruft den Kindern zu: „Bitte denkt daran, zuerst eure Hände zu waschen und holt bitte eure Trinkflasche herein!" Dann stellen sich alle der Reihe nach an und Frau Huber verteilt die Brotzeit. Als das erste Kind ein Müsli möchte, kommt die blaue Milch heraus. Frau Huber und das Mädchen können es nicht glauben und müssen lachen. Da fragt Frau Huber: „Habt ihr das schon einmal gesehen? Blaue Milch?" Die Kinder schütteln den Kopf und plötzlich möchten alle noch ein Müsli. Sie sind sich einig, dass die bunte Milch einfach noch viel besser schmeckt. Dann hinterlasse ich ihnen noch eine Nachricht, dass ich das war:

Liebe 1. Klasse,
bestimmt habt ihr euch über die bunte Milch gewundert. Ich habe sie verzaubert mit meinem Wunschstein. Besonders schön war es, dass ich euch damit eine Freude machen konnte und ihr mir auch noch ein Müsli vor die Tür gestellt habt. Ihr seid wirklich die Besten! Dankeschön!
Liebe Grüße
Euer Zacharias

17. Dezember
Die richtigen Plätzchen

Heute Nacht war mir ein bisschen langweilig. Da habe ich mir überlegt, dass ich einen Turm bauen könnte. Ich habe es geschafft drei Mal fünf Stühle aufeinander zu stapeln. Das sieht wirklich beeindruckend aus, wie der Thron eines Königs. Am Morgen waren die Kinder und auch die Eltern überrascht. Eine Mutter fragte: „Baut ihr immer einen Turm aus euren Stühlen?" „Nein!", antworteten ein paar Kinder: „Das war doch bestimmt Zacharias - unser Weihnachtswichtel." Frau Huber half den Kindern die Türme abzubauen, damit jeder wieder einen Stuhl hatte. Manche Kinder protestierten ein wenig, weil sie gerne die Türme behalten hätten. Das Plätzchenbacken ging schnell vorbei. Die Kinder waren so fleißig mit Teig kneten, Plätzchen ausstechen und verzieren beschäftigt, dass es schon bald Mittag war. Oh und es roch so gut! Im ganzen Schulhaus hing der wunderbare Plätzchenduft in der Luft. Jedes Kind gab mir ein Plätzchen ab. Also hatte ich am Ende sogar 25 Plätzchen. Das gibt es doch gar nicht. Dafür muss ich mich wirklich bedanken:

Liebe 1. Klasse,
vielen herzlichen Dank für eure leckeren Plätzchen.
Ich habe schon 5 Stück gegessen, aber den Rest
werde ich mir bis Weihnachten aufheben. Sie schmecken wirklich himmlisch. Ich wünsche euch auch ein
schönes Wochenende.
Liebe Grüße
Euer Zacharias

18. Dezember
Die Wichtelparty

Jetzt ist wieder Wochenende und heute ist Samstag. Ich habe etwas ganz besonderes vor. Am Abend kommen meine Wichtelfreunde Bruno, Mimi, Luna und Ben vorbei. Sie wohnen im Moment bei anderen Familien und möchten gerne wissen, wie es in der Schule ist. Jeder bringt etwas zu essen und zu trinken mit. Ich werde einen Wichtelpunsch machen und dazu gibt es Bratäpfel. Hoffentlich verbrennen sie mir nicht wieder im Ofen. Das Klassenzimmer habe ich auch schon mit Luftschlangen und Konfetti dekoriert. Das wird den Kindern sicherlich am Montag auch gefallen. Als alle angekommen sind, essen und trinken wir, lachen, unterhalten uns und tanzen bis in die Morgenstunden. Das war eine großartige Party. Das muss ich unbedingt der Klasse erzählen:

Liebe 1. Klasse,
stellt euch vor, ich habe heute eine richtige Wichtelparty gefeiert. Es waren vier Freunde da und wir hat-
ten richtig viel Spaß. Übrigens meine Brataäpfel sind
dieses Mal nicht verbrannt. Ich bin nämlich einfach
vor dem Ofen sitzen geblieben, um gleich zu sehen,
wenn sie fertig sind.
Liebe Grüße
Euer Zacharias

19. Dezember
Der Adventskalender

Da ich nun meine Plätzchen nicht mehr essen kann und von gestern auch alles schon weg ist, habe ich mir überlegt, was ich gegen meinen knurrenden Bauch unternehmen kann. Da sind mir die restlichen Adventskalender der Kinder eingefallen. Ich weiß, dass Frau Huber für jeden auch einen Schokololli reingepackt hat. Also habe ich mir von der Nummer 18, 19, 20, 21, 22, 23 und 24 die Schokolade stibitzt. Vielleicht fällt es ihnen nicht auf. Den restlichen Tag über habe ich geschlafen. Die Party hat schließlich auch ziemlich lange gedauert. Ob ich es den Kindern verraten soll? Nein, das Geheimnis behalte ich dieses Mal für mich. Ich schreibe ihnen trotzdem einen kurzen Brief:

Liebe 1. Klasse,
ich hatte ein schönes Wochenende. Ihr auch? Heute
habe ich nur gefaulenzt, weil ich von gestern noch
müde war. Ich wünsche euch eine schöne letzte
Schulwoche vor Weihnachten.
Liebe Grüße
Euer Zacharias

20. Dezember
Die Pinsel

Gestern Nacht habe ich richtig Lust zum Malen bekommen. Weil ich ein ganz großes Bild malen wollte, habe ich mir alle Pinsel der Kinder geholt, um mit ihnen gleichzeitig zu malen. Oh es sind wunderbare Kunstwerke entstanden. Am Ende hatte ich nur ein Problem: Wie mache ich die Pinsel wieder sauber? Ich will niemanden verärgern. Deswegen habe ich die Pinsel hinter dem Kunstschrank versteckt. Genau heute ist doch Montag und wieder Kunstunterricht. Frau Huber erklärt, wie die Weihnachtskarten für die Eltern gestaltet werden sollen. Als sie mit ihrer Erklärung fertig ist, sollen die Kinder ihre Malsachen herrichten. Die ersten Kinder murmeln: „Ich habe keine Pinsel. Hast du meine Pinsel gesehen?" Bald darauf wird Frau Huber aufmerksam und fragt die Klasse: „Habt ihr alle keine Pinsel?" Da nicken die Kinder. „Na gut", meint Frau Huber, „dann malen wir heute alle mit den Fingern." Das macht den Kindern einen riesen Spaß. Sie haben am Ende sogar Farbe im Gesicht und kichern. Heute bekomme ich eine Nachricht von Frau Huber, dass ich doch bitte die Pinsel wieder zurückgeben soll und dass das mit der Wichtelparty nicht so schlimm sei, aber ich genauso wie die Kinder auch meinen Müll entsorgen muss. Sie legt mir die Luftschlangen und das Konfetti vor die Tür zum Aufräumen. Na das ist nochmal gut gegangen, dann schreibe ich gleich mal zurück:

Liebe 1. Klasse,
ich habe mit dem Pinsel gemalt, aber ich weiß nicht,
wie ich sie sauber bekomme. Habt ihr einen Tipp für
mich? Meine Sachen habe ich entsorgt. Heute Nacht
möchte ich ein bisschen mit Kreide malen. Vielleicht
macht das auch Spaß.
Liebe Grüße
Euer Zacharias

21. Dezember
Kunstwerke mit Kreide

In der Nacht habe ich an der Tafel viele Kunstwerke
gemalt. Das war wirklich super spaßig. Ich bin mit
der Kreide über die Tafel getanzt, um die Ecke und
im Kreis herum bis mir schwindelig wurde. Gemalt
habe ich eine Kuh, ein Gesicht, das die Zunge her-
ausstreckt, das Christkind und die Klasse mit Frau
Huber. Als sie in der Früh ins Klassenzimmer kommen, stöhnt Frau Huber: „Was ist denn das schon
wieder? Wer hat denn die Tafel so durcheinander gebracht?" Die Klasse antwortet im Chor: „Das war
doch bestimmt wieder Zacharias." Ein Junge und ein
Mädchen putzen die Tafel. Frau Huber erklärt heute,
wie man das Ö, Ü und Ä schreibt. Dafür möchte sie
die Buchstaben an die Tafel schreiben, aber es ist natürlich keine Kreide da. „Zachariaaaaas!", ruft sie ge-
nervt. Ich muss ein bisschen lachen in meinem Haus
und auch die Kinder kichern ein wenig. „Also gut
sagt sie, dann schreiben wir die Buchstaben mit dem
Finger in die Luft, auf den Rücken des Partners, auf
den Tisch und mit dem Fuß auf den Boden." Das
macht den Kindern großen Spaß. Ein Junge erklärte
mir noch, dass es besser wäre, wenn ich die Kreiden
wieder zurückgeben würde und die Pinsel kann man
ganz leicht mit Wasser im Waschbecken auswaschen.
Dafür muss ich mich gleich bedanken:

Liebe 1. Klasse,
das hat heute richtig toll ausgeschaut, wie ihr die
Buchstaben geübt habt. Bestimmt habt ihr sie euch so
auch viel besser merken können. Die Pinsel liegen
am Waschbecken und sind abgewaschen. Auch die
Kreiden habe ich zurückgelegt. Ich habe euch einen
Wunschzettel auf Frau Hubers Pult gelegt. Ihr habt
als Klasse einen Weihnachtswunsch frei. Ich freue
mich schon euch etwas für die tolle Zeit zurückgeben
zu können.
Liebe Grüße
Euer Zacharias

22. Dezember
Der Wunschzettel

Am nächsten Morgen freuen sich die Kinder und Frau Huber, dass die Pinsel und die Kreiden wieder zurück sind. Frau Huber entdeckt den Wunschzettel auf ihrem Pult und liest den Kindern meinen Brief vor. Im Morgenkreis sammeln sie verschiedene Ideen, was sich die Kinder wünschen. Alles Mögliche ist dabei, wie dass sie mich sehen können, einen Fernseher in der Klasse, eine Puppe, ein ferngesteuertes Auto, Süßigkeiten und so weiter. Am Ende stimmen sie zwischen zwei Ideen ab: Entweder für jedes Kind nochmal einen Wunschstein oder einen Kalender von mir, der die Klasse im nächsten Jahr begleitet. Tatsächlich sind 13 Kinder für den Kalender und 12 Kinder und Frau Huber für die Wunschsteine, da sie noch keinen bekommen hatte. Also schreiben sie mir das Ergebnis und dass ich entscheiden darf, was ich ihnen lieber schenken möchte. Da muss ich nicht lange überlegen. Natürlich werde ich versuchen beide Wünsche zu erfüllen. Doch heute ist schon der letzte Schultag also muss ich mich morgen ranhalten, um den Kalender fertig zu bekommen. Ich hatte aber schon vor zwei Wochen begonnen, weil das auch meine Idee war. Die Klasse macht mit Frau Huber noch das Klassenzimmer sauber. Alle helfen fleißig mit. Sie verabschieden sich noch voneinander und jeder hat mir einen Abschiedsbrief geschrieben. Das hat mich sehr gerührt. Die lese ich mir morgen durch, wenn ich mit dem Kalender fertig bin. Einen kurzen Antwortbrief bekommt die Klasse natürlich auch noch:

Liebe 1. Klasse,
vielen Dank für eure beiden Wünsche. Ich werde versuchen sie zu erfüllen und bin schon ganz traurig,
dass unsere gemeinsame Zeit nun um ist.
Liebe Grüße
Euer Zacharias

23. Dezember
Der Kalender und die Briefe
Leider ist es nun ganz ruhig in der Schule und ich bin ganz für mich alleine, aber dann kann ich in Ruhe an dem Kalender für die Klasse arbeiten. Ich habe einen Wochenkalender gemacht und in jeder Woche berichte ich von meinen bisherigen Wichtelstreichen. Weißt du, wie viele Wochen ein Jahr hat? Es sind insgesamt 52 Wochen. So viele und noch mehr Streiche habe ich gemacht. Ich habe zum Beispiel mal bei einer Familie Zucker und Salz vertauscht, die Autoschlüssel versteckt, heimlich den Fernseher immer wieder ausgeschaltet, die Uhren verdreht und den Wecker ausgestellt. Manche Wichtelstreiche waren eher lustig, manche waren schon ein bisschen gemein, das muss ich auch zugeben. Ich hoffe, dass ich damit die Kinder immer wieder zum Lachen bringe und sie noch lange an mich denken. Jetzt muss ich weiterarbeiten, damit ich bis morgen fertig werde und ich werde heute auch noch beginnen alles zu packen. Obwohl niemand mehr hier ist, berichte ich der Klasse von meinem vorletzten Tag bei ihnen:

Liebe 1. Klasse,
ich habe heute fleißig an eurem Geschenk gearbeitet
und es ist fast fertig. Da werdet ihr Staunen. Außerdem beginne ich noch zu packen, damit ich morgen
pünktlich bei meiner Familie ankomme.
Liebe Grüße
Euer Zacharias

24. Dezember
Wichtel-Weihnachtsfest

Oh heute ist es endlich so weit: Es ist Weihnachten!
Ich habe bereits alles in der Klasse gepackt und ihnen
meine Geschenke da gelassen. Zum Glück bin ich
fertig geworden und sie werden sich sicherlich
freuen. Heute beginne ich gleich mit meinem letzten
Brief:

Liebe 1. Klasse,
heute reise ich ab und werde nach den Ferien nicht mehr da sein. Ich bin wirklich traurig, dass ich gehen muss, weil ihr wart eine großartige Klasse. Bei euch hatte ich immer viel Spaß und konnte auch etwas lernen. Danke, dass ihr mich so lieb aufgenommen habt und für mich da wart. Nun reise ich zurück ins Wichteldorf zu meiner Wichtelfamilie. Ich habe tatsächlich 13 Geschwister und 36 Onkel und Tanten. Wir feiern auch zusammen Weihnachten und jeder berichtet von seiner Adventszeit. Außerdem gibt es leckeres Essen und Wichtelpunsch. Der ist mit Alkohol, aber sogar Kinder dürfen ihn trinken, weil der Punsch weiß, wer ihn trinkt und dann ist er natürlich ohne Alkohol. Das ist praktisch oder? Vor Weihnachten wichteln wir immer. Da zieht man einen Zettel und da steht der Name von einer Person aus der Familie darauf, der man etwas schenkt. Ich habe meinen Papa gezogen. Ihm schenke ich meine tollen Kunstwerke, die übrigen Plätzchen und die gleichen Geschenke, wie euch. Ich hoffe ihr freut euch darüber und denkt nach Weihnachten noch oft an mich. Ich werde euch wirklich sehr vermissen und vielleicht darf ich im nächsten Jahr wieder zu euch kommen, aber das entscheidet das Wichtelbüro.
Habt eine gute Zeit, passt gut auf euch auf und ich werde jetzt dann einen neuen Koffer packen, weil wir machen dann Wichtelurlaub am Meer.
Liebe Grüße und eine dicke Umarmung an euch alle
Euer Zacharias

Jetzt gibt es hier gleich noch das erste Geschenk für dich zu Weihnachten vom Wichtel Zacharias. Er hat hier noch ein paar weihnachtliche Bilder eingefügt, die du ausmalen kannst. Viel Spaß!

Wir hoffen, Ihnen hat das Buch viel Spaß gemacht. Wenn Ihnen das Buch gefallen und geholfen hat, würden wir uns sehr über eine positive Bewertung auf Amazon freuen.

Kritik, Feedback, Fragen, Hinweise auf Fehler und Anregungen für die nächste Auflage dieses Buches nehmen wir gerne per Mail entgegen. Unsere E-Mail-Adresse lautet: support@tobias-unger.com.

Impressum:
© Tobias Unger 2023
1. Auflage

Autorin Vanessa Unger wird vertreten durch:
Tobias Unger
Am Dorfbach 1
85123 Karlskron

ISBN: 9798868103407

Printed in Great Britain
by Amazon

32241170R00046